脳神経外科病棟505

清岳こう

思潮社

脳神経外科病棟５０５

清岳こう

思潮社

脳神経外科病棟５０５

清岳こう

目次

Ⅲ　恢復

装幀＝思潮社装幀室

Ⅰ　8人部屋

かいとう

「かいとう」と説明するので
快投？　と若々しい頬に目をやる
会頭？　と太い眉をながめる
まさか　解凍ではあるまい
ぼんやりしていると
こともなげに「開頭」が返ってきた

つまり　あの　その　と視線をおよがせる
そうです　頭蓋骨を開くのです
とりあえず　3箇所を処置します
のこり2箇所は　経過を観ながら

乱世の名将・曹操だって拒否した手術!!
麻酔の神医・華佗だって拒まれた手術!!
武将でも王妃でもないくたびれた我が身が狙われていたなんて

手術室で6時間　遠のく意識
きっと　蜘蛛の巣よろしくこんがらがった来歴を
メスのきっ先でドリルの回転であらわにされるにちがいない

いとせめて
前頭葉で育った生意気　小生意気　天邪鬼を切除しないで
毛細血管に引っかかっている無鉄砲　ひねくれ者を摘出しないで
海馬をさまよう憎悪　反逆　寂寥は見て見ぬふりをして

手術台にしばりつけられ6時間　へたしたら8時間
いつのまにか　従順可憐な女になってしまったら何としよう
このままでは　人間廃業ではないか

たのもう

逃げて逃げて　ここまで逃げてきて
捕まっちまってドヂな話
ドヂはドヂなりに勢いをつけてドアを開ける
和ダンスの奥の隠し戸　机の裏の秘密基地
きれいさっぱり　すべての決着はついている
難攻不落の心臓　精鋭細胞ひしめく血管も
準備万端おさおさおこたりなく

時は来たれり　トランクひとつの捨て身で
百戦百敗の古傷の記憶がうずいたか
背水の陣の武者ぶるいとあいなったか
すっとんきょうな声で入院患者受付に名のりをあげ

ガムテープ

待合室　病室　洗面所
窓という窓にひび割れが走りうねり
応急処置の透明がゆがみよじれ
地震の後遺症ではありません
たんなる老朽化です　白衣が鼻っさきで笑う
老朽化　慢性疲労にペタビタベットリズリリ
世代交代　そのうち　取りこわし予定

でも　落下　散乱　自滅はしていない
仕事はまっとうにこなしている
窓いっぱいに虹を浮かべたり
流れ星を散らしたりして

自己紹介

実は　ファッションデザイナーなの
それに　おしゃれなカフェ2軒　自然食品の店も3軒
いつもは個室でのんびりなんだけど　さ
何しろ　このコロナさわぎ　空きがなくて仕方なく　ね
その後につづく
動物愛護ボランティアも微にいり細をうがち
手術待ち　昼さがりのよどんだ空気に
くりかえされるエピソード
私たちは　猫の餌代　犬の治療費
お店の収支決算も暗記してしまい

幕を引いたのは投げ銭ならぬ捨てぜりふ

「私ゃ　信じないよ！」
この間　読書三昧しらんぷりだった
胃癌肋骨骨折脳梗塞嬢

自称ファッションデザイナー
人工心臓首の動脈剝離の才色兼備嬢
多角経営のロマンはちゃらになったものの
働いて働いて　夜中明け方まで働きぬき
なんとか　たどり着いた病室で力つき
やっと　手に入れた朝寝に昼寝
深夜のいびき連射は撃ちてし止まんのまま

先生　あのね

あやとりなんか　やりたくない　東京タワー　ダイヤモンドを作ったって
みず色　わかくさ色は　ほろぽろ　くずれこぼれる
かぎ編み　アフガン編みなんかやりたくない　マフラー　帽子を作ったって
ピンク　クリーム色は　ほろろぼろろ　ほどけこわれる

術後トレーニング・指の機能回復のメニューを前に
すすり泣きが嗚咽になり　嗚咽が止まらなくなり
恋人に駄々をこねるように　回診のベッド

お父さんの顔は知らない
お母さんには会ったこともない
兄弟姉妹もいない３５歳

カウントダウン

３６　３７　３８　宵の明星にむかって
１８２　１８３　１８４　なす紺のたそがれにむかって
やがて　窓の外はわびしいネオンだけになり
稲穂ざわめく夜　木枯しほえる夜　青葉かおる夜
ながく　独りで闇をかさねかさねて硬膜下血腫
お化けがこわい　お化けがこわいとつぶやき

さあ　つづけて　５２５　５２６　５２７
つづけてつづけて　７８１　７８２　７８３
１０００に行きつくころには
魑魅魍魎のパーティもおひらきになるだろう
百鬼夜行もしずしずと過ぎるだろう

一人娘

あのさぁ　ってかわいい声でね
めったに電話もくれないのに
最初の一声でわかるの
震災復興支援金をあてにしてね
なのに　手術の立ち会いは仕事が忙しい
東京から離れられないって

腹をたててもしかたないわよ
子どもってそんなもんよ　を咽喉元に押しこむ

ふた藍色の西の空
鳥は二羽三羽と　毎日ねぐらに戻っていく

スナック不死鳥

まず　生ビール一杯！　つまみは　だだちゃ豆！
野太い声に飛び起きるとベッドの端にたくましい影
「不死鳥」はおとなりの男性部屋ですよ
深夜の闖入者はなかなか納得せず
ふしちょう？　ふしちょう？　ふしちょう？　とつぶやく

そう　簡単にあっちへは行けないんですよ
びくびくおたおたあたふた　闇にまぎれこんだって
捕まっちまうんですよ　頭胸腰手脚しばりつけられ
その後は　野となれ山となれ
もえさかる業火の中から自力で飛びたつしかないんですよ
私たち

＊だだちゃ豆　枝豆の品種

施術説明

帆かけ船が湖の中に閉じ込められ
帆かけ船の中では異物が膨らんでいるのです

血管が神経がどう走っているのかまったく見えない世界です
でも　挑戦してみましょう　やってみましょう
右脳左脳の間にわけ入り　ナビゲーターを使いながら進むのです
帆かけ船は　おりからの強風に右に左に傾きながらＳＯＳを発信しているのです
全身麻酔の前　あなたの好きな曲・ヘビメタ「致命傷」をかけるから
看護師はあなたの手を握ったまま放さないから
湖の水をぬきましょう　血瘤を取りのぞきましょう
信ずる者は誰《たれ》もみな救われるのです　と信じるしかなく

ヒーロー達

院内投票第一位　１８７㎝さわやかドクター！
くたびれた病衣のひしめきから歓声と拍手がわきあがる
不正選挙だ　小細工をしただろう　もしかしたら買収？
イケメンならいいのか　優しけりゃいいのか
毒づいたって　すねたって後のまつり
生き死に勝負の患者の「美」の基準が同じだなんて

私？　誰でもよかったけど　いちゃもんだけはつける
注射名人看護師のたくましい腕　「大丈夫だよ」の魔法の呪文はピカイチ
手術室看護師のきりりと太い眉　まなざしの涼しさは鎮痛剤３錠にもまさる
集中治療室看護師の茶髪ウェーブ　ちょい悪兄さんの気くばり１５０％も捨てがたい

告白

ドクター「神の手」の写真を携帯の待ち受けにした４４歳
家は旭町・子どもは一男三女・ハーバード大学留学
どこで聞きだしたか個人情報まで拡散する３３歳
「お会いできないと寂しい」なんて抜けがけをする７０歳

おさげ髪のころの　ミニスカートのころの
うつむき　はにかみ　しおらしさなんぞかなぐり棄て
大胆不敵にも浪漫主義　恋愛至上主義を全開にし
同病相哀れむならぬ　同室相愉しくを合言葉に
工場から　帳簿から　キッチンから逃れ溶けだし
女たちはそれぞれの乙女を抱きしめ眠る　眠る
あられもなく胸の内をさらけ安心しきって　眠る

三食昼寝付き

人参キャベツの蒸物　しめじ胡瓜の酢物
白衣たちは　えがおをふりまき運んで来る
これで　百戦錬磨　一騎当千
絶体絶命の手術なんか何するものぞ　と

大地の力あふれる五目汁　命きらめく卵焼き
白衣たちは　若さをふりまき運んで来る
これで　２４時間不動　頭腰背中の激痛なんてへっちゃら　と

きよらかな伏流水　光合成のひしめき　トマト　オレンジ
白衣たちは　日々　地球のめぐみを満載にして運んで来る

首

美しい完璧なライン　皺ひとつない伸びやかさ

この歳まで知らなかった
私がそんなにも素晴らしい宝物をもっていたなんて
化粧品のセールスレディだった人の言葉にうっとりとなり
うっとりのまま初めて褒め言葉を丸ごと信じる気になり

鏡の中に白衣の影
万が一をさけるため首の右大動脈を切開しておきます
傷跡？　少しは残ります　でも気にするほどでもないですよ

生き残っての首　ではあるが

塹壕に横たわり

台風襲来　自分の命は自分で守って　のニュース
私たちは　西の空をかけめぐる稲妻を
山や川を震えおののかせる雷鳴を待っている
巨木が根こそぎにされ大岩がうなり声をあげ転がりだし
何かとんでもないことが起きると胸をたかならせ

アナウンサーのせっぱつまった声を聞きながら
チョコレート　アイスクリーム　冷えたビール　半ごろし
禁断の食べ物をとなえながらベッドの端に身をふせる
かつて　ヘルメットを斜めにかぶったまま手榴弾を胸にだき
浅い眠りをなだめなだめ敵機襲来に耐えた三等兵のように

＊半ごろし　ぼたもちのこと

みんなで練習

何よ　そのすっぴん　ときた
死にそうになってても女を忘れたらおしまいよ　ときた
いいじゃない　ほっといては猛烈な反撃の前に封殺され
さあ　お肌の手入れ　ドライヤーのかけ方から始めましょう
眉を整え　アイラインも上品にひき　頬紅もお忘れなく
仕上げはウォーキング　挑戦よ　挑戦するのよ
廊下のラインを踏み外さない　泣きべそをかかない
大きく腕をふって堂々と　地球に垂直に胸をはって
そう　あきらめない　まっすぐにまっすぐに　前進前進

74歳のご指導のもと　気がつけば手術室の前

中庭

煉瓦敷の間に雑草がほそぼそと縮れあがり　熱気湿気がひしめき　山百合一茎　山百合は強靭な意志をしなやかに揺らし　一本の鞭となって立ちあがり　ロケット型の蕾をふくらませ　入道雲へと伸びあがり　発射準備完了

II

手術室・集中治療室

夏

熱風の舌になめつくされからめとられ
今は　とらわれの身　沈思黙考するしかなく

冬

あっけらかんの青空
なんとか　逃亡できないものか

おまかせ

５０５号室のみんなの声援をくぐりぬけ見送られたって
がんばるのは医師に看護師　私だけじゃない
ベンチャーズの「ダイアモンド・ヘッド」に包まれステージに上がる
脳内に動脈瘤がきらびやかに散らばっていて
頭蓋骨のくぼみに潜み隠れている厄介者もいるという
毛細血管に幾重にも守られかくまわれた親玉もいるという
頭蓋骨をこじ開けられ　この時間は私がスター

でも
どうか
正月早々押しかけた金切声に

押入れの隠し通路へと姿をくらました背中はほっといて
どうか　どうか
キャッシュカードを握りしめ
夜ふけの螺旋階段を駆けくだったアキレス腱は追わないで
どうか　どうか　どうか
せっかく行方をくらました御仁だから
笑って忘れっちまうのが愛嬌というもの

スターはスターらしく
最期の日まで見栄をきったまま
めでたく幕引きと相成りたく存じ候

全身麻酔

熊本の山北八幡宮様
福岡の山田地蔵尊の菊姫様
京都の藤森神社様
高知の薫的神社様
府中の大國魂神社様
仙台の諏訪神社様

おまいりしたことのある神々も
あんまり信じていなかった神々も
どうかお守りください

お父さんお母さん

赤ん坊のまま旅立った信子姉さん
あの世からでも仏様になってからも
どうぞお守りください

こんな時にだけ呼びだして
いい気なもんだ勝手なもんだと笑われようと
術着に包まれ大小の管に繋がれ酸素マスクをあてられ
恥も外聞もなく他力本願でこの世に引き返すしかないのです

巨大なＳＬが現れて

いいぞ　いいぞ　驀進し南下せよ　東北本線　いいぞ　いいぞ　汽笛を華麗にならし　東海道本線　走れ走れひた走れ　山陽本線　それ行けやれ行け　鹿児島本線　石炭満載　煙は盛大に　開戦ののろしよろしく高々と　太々と吐きだせ　めざすは　すこやかに過ごした故郷の海山

将来性

ごちゃがちゃに積み上げられた自転車の山　錆にまみれた銀の黒のオブジェはいちめんの
霧にのみこまれ　このモチーフ　この構図　このくすみ具合　丁寧に写しとりさえすれば
いいのだ　彗星のごとくあらわれた天才画家になれるにちがいない　未来は明るい

いざ　決戦

病院の屋上では朝やけが絢爛と始まり
手術台の真下はぼんやりと広がる無明　地下深くまで木下闇が続いていて
白衣たちは足早に階段を下り　冷気の行きどまりに井戸がひそやかに口を開き
みながみな　井戸の底のにぶい光明をのぞきこんでいる

病院の屋上では鯨雲があらわれマンボウ雲がただよい
白衣たちは手に手に蜘蛛の糸を持ち　全神経を集中させ井戸の底へと下ろし
蜘蛛の糸を右に左に動かし　息をつめかすかに反射する水底を探るのだった

病院の屋上では吊るし雲が釣糸をたれ乳房雲がひしめき

白衣たちは蜘蛛の糸を用心深くたぐり　祈りをこめてたぐりよせ
汲みあげたのはプルシャンブルー　カンブリア紀の海のたゆたいだった
つづいて　ホワイトシルバー　ジュラ紀の砂嵐のうなりだった
さらに　フレッシュオレンジ　縄文の焚き火のゆらめきだった

病院の屋上では太陽はふかく傾き月はうなだれかげり

白衣たちは　太古の命たちをひとしずくふたしずくとたらし
また　始祖鳥のはばたきを　ティラノサウルスの雄たけびを
アンモナイトの冷静を　カブトガニの強靭を　シーラカンスの忍耐を
神々への挑戦に注ぎ注ぎつづけ注ぎやめず

病院の屋上では森閑と星がまたたき星がきらめき

恋する乙女

その日　私は物語の主人公でした
主人公だったので恋のとりこになっていました
隣村の藤蔓貫頭衣のりりしい若者がうっとりの相手でした

物語は　当然のごとく
熊の毛皮を着たじゃま者があらわれ
無理難題をふっかけ横車おしの数々
とうとう　たけだけしい筋肉亡者との婚礼の夜が近づき
憧れのりりしい若者は見掛けだおしの意気地なし
金も力もない定番スタイルで私を見つめるだけ

さあ　どうするの？　どうしてくれるの？

私をかっさらって逃げるの？
手に手を取って幾千里
この世のなごりと腕と腕とをからませて
心中沙汰でもおこすの？
なんど合図をしても
優男は私を悲しく見つめかえすだけ
ええい　ままよと足を踏み出した瞬間
爆発音　轟音　閃光　熱風
たちまちに　村も山もマグマに呑まれ火山灰にうまり
こうして私の人生はなんの予告もなく押しながされ

それは今も昔も繰りかえされていて
病院の海底火山から地鳴りが響いてくる

開放

あらわれたのは　月白色の鳳凰二羽　おごそかに羽根を打ちかわし　曙にじむころまで舞い舞い　舞い跳び　肉体の鉄壁要塞を開くとこういう果報にもめぐまれて

一陽来復

脳内に雪消水がにじみ　走り歌い出し　頭蓋骨を開いた時にこの世の空気が入りこみ　ふたたび　この世におどり出す交響楽の序曲

余震

集中治療室に入れられたとたん
震度3？　震度4？
ベッドは点滴の袋3種　尿袋とともに滑りだし

巨大なみどりの扉が開き
けやきの新芽はけぶりくゆりたち
くすの若葉はにぎにぎしくどよめき
くじゃくしだは木もれ陽をはねかえしさんざめき
ひかげのかずらは岩から崖からこぼれしたたり
ベッドは　みどりのしぶきをかぶり
みどりの波をくぐり

一般病棟に移されてまもなく
震度4？　震度5？
ベッドは点滴の袋2種　尿袋とともに浮きだし

つぎつぎにみどりの扉が開き
メドゥーサの長い舌になめられ
石炭紀の鱗木の吐息をあびせられ
ガルトニアの掌になでさすられ
ベッドはみどりの渦にあらわれ

震度5？　震度6？
地鳴り　地揺れのたびに
ベッドは一艘の小舟となり
かぐわしいみどり　しなやかなみどり　もえたつみどり
いのちの大海へ　いのちの記憶へとおおしく漕ぎだしてゆく

集中治療室

イタイ　イタイ　オーイ　オイコラー　オネエチャン　タスケテクレ
響きわたる怒鳴り声に野戦病院に放りこまれたかとあわてる
夕方　夜中　明け方と休む間もなく呼び立てられる白衣

イタイ　イタイ　がやっと収まったと思ったら
生協ノ配達ヲ止メテクレ　今月分ノ家賃ヲ振リ込ンデクレ
空気清浄機ノローンモマダダ　携帯電話モ充電シテクレ
オネエチャン　ヨロシク頼ムの連発

ヨロシク頼まれた白衣は　何度も　何度も　さらにヨロシク頼まれ
オッサンの人生と浮世をつなぎに小走りで行ったり来たりする

緊急事態

ご主人　何度電話をしても出られないんですよ
さあね　昼寝でもしているのでしょう
病院からのコールサインに出ないなんておかしいですよ
まあね　子宮卵巣摘出の時もしらんぷりでしたから
へらへら笑うしかなくへらへら目をつぶる
緊急事態になったらどうするんですか！
最期の判断は身内　命綱はご主人が握っているんですよ！
さあね　たぶん　何処かいい所でしょうとは言えないから
耳の遠いふりをする　ぼけたふりをする
耳が遠くてもぼけたふりでも　緊急事態は発生するんですよ！
さらに追いうちがかかる

生まれなおし

食べて飲んで出して　血まみれの頭を洗ってもらい汗にまみれた全身を浄めてもらい　赤ん坊の日々　やがて　自分の脚でベッドからはい出す　自分の足でトイレに行く　いいね　いいね　はい　1、2、1、2　じょうずじょうずとほめられ　素直に前進する

マッサージ

壁いちめんをうずめつくして桜　山桜の赤いつやつや　大島桜の白いざわめき　大山桜の
あざやかなゆれゆれ　仙台しだれのほのあかり　天井いちめんにひしめく桜　春が命綱と
なり　千の指　万の掌でさすってくれる

Ⅲ　恢復

将来

ベッドに寝たままたずねる　「結婚できますか」
「できますよ」　単純明快な速攻反撃にあわてる
目も口も開かず　首の動脈は浮きたち
頬から首まで盛大に腫れあがっているというのに
「結婚できなかったら責任とれますか」　さらに口走ってしまう
願いはひとつ　ただ　もとの顔にもどりたいだけなのに

あいうえお

リハビリが嫌だとベッドにしがみつく
特に言葉トレーニングが怖い　と
あのつく言葉
あさがお　あかとんぼ　あさはか　あきらめ　あやまち　あっかんべえ
いのつく言葉
いぬ　いろり　いしころ　いこじ　いかさま　いらいら　いらぬおせわ
うのつく言葉
うさぎ　うま　うまいはなし　うんだめし　うきしずみ　うさんくさい　うそっぱち

とうとう　左体側完全麻痺嬢はカーテンの繭にこもってしまい
ア行は行きどころを失ったまま　ン？にもたどりつけず
消灯時間

なんじゃらほい

お前の家系はばかばっかりだな
まあ　そうですけどと肩をすくめる
お前の家は二流三流ばかりだから血管も弱いんだよ
それから　非国民　売国奴　人殺しの家系のくせにとお決まりのコース

『肥後国風土記』の卯野木氏　フロイス『日本史』の清田氏　『國友古照軒伝記』の國友氏
ハリマノカミ　ワカサノカミ　コノエヘイ　ゴゼンジアイ
それから　それから　それから　それから
夢にうなされ　うっ血した頬　腫れあがった首を薄明に持ちあげる

ひゃらひゃらぴぃひゃら　なんじゃらほい
脂汗のにじみから躍りでた　毘沙門天　伎楽面　婆羅門　崑崙

それがどうした　なんじゃらほい　手脚ふりふり踊りだす
目尻をさげ眉根をゆるめ　鼻をふくらませ
口元から涎をたらし　ぐにゃりと笑いだす
逃亡だったか亡命だったか　はるばると海を渡り
今日まで愚か者のまま生きのびた命たち

なんじゃらほい　なんじゃらほいほい
二流三流のまま抜き手をきり　この世を泳ぎわたれ
なんじゃらほい　なんじゃらほいほい
非国民　売国奴　人殺しのままこの世を浮かれてわたれ
毘沙門天　伎楽面　婆羅門　崑崙の仮面をかぶって
ひゃらひゃらぴいひゃら　なんじゃらほい

夕月抄

長い廊下に人影が消えるころ　院内散歩としゃれこむ
たまたま　個室の前を通りかかるとドアが開き
とつぜん　着物姿があらわれた　女人は　大きく目をみひらき
たおやかにお辞儀をし　すばやくドアの内側に消えた
拒絶のすきまから　花の重なりが揺れ揺れやまず
つめたい白露がもれこぼれ　こぼれ転がった

白萩先生だった

野鳥のさえずりが肩に降りかかる山道をたどると
苔の道が続き　茶室は心づくしのしつらえで静もり

私たちあこがれの白萩先生だった

すっきり伸びた背すじ　明るい衿足の姿で
振りかえることもなく　閉ざされたドア
拒絶のすきまに　花は丈高くいく重にもうち重なりざわめき
ざわめきの下から　紫しじみが声もなく飛びたち

消息不明の白萩先生だった

薄暮の広がりにはダンディなご主人の大学教授が横たわり
両側にはスナックのママさん　お茶の一番弟子二番弟子三番弟子
呑み屋のお姐さん　事務官　いきずりの無数の女たちも横たわり
満月が窓いっぱいにあがる個室　花の重なりの下
いきいきとしていた死体たちは枯れはて宇宙の微塵となるのを待っているにちがいない
今　白萩先生は満ちたりたほほえみに包まれほほえんでいるにちがいない

白萩先生のモットーは誇り高く美しくだった

コロナ禍につき面会厳禁

自転車こぎ　輪投げ　塗り絵の毎日
ボール投げ　階段登り　これが仕事だからと
片頭痛リュウマチ動脈剥離嬢

入院したのは若葉の季節
なのに　もう　雪の季節
帰りたい　帰りたい　帰りたい
携帯電話を握りしめうめき
涙があふれしたたり止まらなくなって
しゃくりあげ　すすりあげ

次の日　病棟前の街灯にふたつのシルエット

丸い光の輪から電話がかかり手がふられ
片頭痛リュウマチ動脈剝離嬢は窓辺にかけより
帰りたい帰りたい帰りたい　と叫び

毎晩　病室の全員が窓辺にしがみつき肩寄せあい
携帯電話のスピーカーフォンを聞く
　　おかあさん　ないていいんだよ　わがままいっていいんだよ
　　あまえていいんだよ　きがすむまでないていいんだよ

今夜も　病棟前の街灯にニット帽と襟巻のシルエット
ほのかな光いっぱいにぼたん雪が舞い
ぼたん雪の輪の中から声が届く
　　おかあさん　ないていいんだよ　よわねをはいていいんだよ
　　これからは　ゆっくりあるいていこうよ　わたしたちといっしょに

ラッキーの作法

耳の後ろに動脈瘤があったけど　危険ではないって　手術の必要もないって
三日の入院検査ですぐ退院よ　退院したらさっそくグランドホテルで温泉三昧よ
ラッキーとはしゃいで　無邪気にとびあがって

中学生の息子さんの通報で運び込まれ　四日間も寝たまま
食事トイレ着替えすべて要介助　水も呑めなくなって
１０万人に１人という脳動静脈奇形嬢は恐怖もふりはらえず寝ている

遠くハルビンから嫁いで来て　残留日本人だった連れ合いはとっくに亡くなり
借りた畑で　白菜　大豆を細々と作り　両手がしびれ　両足がしびれ
一日中口もきかず笑いもせず　カタコトの日本語は誰にもわからぬまま
変形性関節症嬢は絶望を枕に寝ている

そういえば震災の時も　自分1人の奇跡にラッキーと触れまわり
何も被害はなかったと興奮していたのは　動脈瘤嬢　あなただったのか
割れたのは旅行記念のベネチアのワイングラスだけ　本当に残念だったけれど
声高に幸運を語って止まなかったのはあなただったのか

深夜の院内放送　ブルーコール　ブルーコール
512号室　ブルーコール　ブルーコール
うすあかりの舟べりへとかけて行くみだれた足音
遠い岬の灯台から伝わってくる白衣たちの緊迫
みながみな　病院中の白衣が　両手を水中にさしのばし
海底へと沈みただよう灯を　掬おうとしているのだ
全力で引き上げようとしているのだ

ブルーコール　ブルーコール　ブルーコール
集中治療室に移されたまま帰って来ない50歳がいる
入院中の私たちに手放しのラッキーはないのだ

デビュー

「他人の痛みは百年でもがまんできるからね！」

「私を傷物にして　お嫁にいけないじゃない！」

毛布をかぶったまま白衣に毒づいて

優雅な頭蓋骨をきると優美な心まできれて
以来　３８歳のもやもや病嬢は絶対的な人気者となり

お休みなさいの電話

ママはね　病院にいっぱいお泊りするのよ　それからね　注射は痛くないから何回打っても大丈夫だよ　うさぎりんごのおやつもあるのよ　退院したら回転ずしをたべに行こうね
お祝いだからね　あなごとプリンをいっぱい注文していいよ　保育園へお迎えに行くよ
毎日だよ　朝も夕方も　きっと　約束するよ　じゃあねバイバイ　元気でね

美しい少年に

自動販売機の前
どっちが日本アルプスの水で
どっちが土佐深層水の水かと聞かれ
美しい少女だったと気がつく

医学部に行きたい　脳外科の医師になりたいと
大きな瞳はほのかな光を感じるだけらしく
今は　丸坊主の捨て身のスタイルではにかんで

歩く薬袋

おはようございます　とモップで汚れほこりを浄め
元気でいいね　におかげさまでと福々しく笑い
仕事ができてうらやましいわ　におかげさまでとうなずき

では　お大事に　と
集めたごみ・愚痴・世迷言を手に　隣の病室へ
白髪小太り　歩く薬袋と呼ばれているおばちゃん

牛のよだれ

病室の天井には蓑虫がぶら下がっている
牛のよだれにまみれ無数にゆれている
口数すくなかった日々が縛りあげられ

　　村中の若い者が木切れや石ころで還って来たのに
　　お前の息子だけ五体満足で帰って来てと摑みかかられ

病室の天井には蓑虫がぶら下がっている
牛のよだれにかためられ無数にゆれている
女のくりごとが縛りあげられ

　　ミルクを薄めすぎて栄養失調になっていると集団検診で言われ

離乳食は干し鱈を金槌でたたいてたたいて自分の指までたたいて
子宮癌の姑の看病に明け暮れ二十三年ぶりに実家に帰ってみたら浦島太郎
実家は遠い所に移り　葬式のしらせも隠され　両親はとっくにあの世に

病室の天井には蓑虫がぶら下がっている
牛のよだれに囚われゆれている
女の悔しさが宙づりにされ

嫁をもらったのはただ働きが欲しかっただけじゃ
牛ほども働きがねえで　いっちょまえの口をきくなと叩きのめされ
父親危篤のしらせにも鮭三本をさばいてから実家に帰れと厳命され
息子二人をかかえ飛びだし看護学校にかよい
あとは　走って走って駆けぬけ　駆けぬけそこなって

病室の天井には蓑虫が無数にぶら下がっている
牛のよだれは垂れつづけている

泣く

朝のドラマなんか　何よ
私のお婆ちゃんなんか１８で結婚して
１８で戦争未亡人になって　１９で赤ん坊が産まれて

昼のメロドラマなんか　何よ
高気圧酸素治療嬢は何でも怒りまくる
お婆ちゃんは嫁入り先の掘っ建て小屋に放《ほた》くりやられ
着物の仕立て　食堂の皿洗い　病院の住み込み

夜の大河ドラマが何よ
高気圧酸素治療嬢は何にでもあたり散らす

お婆ちゃんは息子につぎあてのない服を着せたかった
息子に世間並みの平穏な暮らしをさせたかった
でも　父は時の流れからつまみ出されはじき出され
足蹴にされ　肺を喰いちらかされ　若死にし

高気圧酸素治療嬢は人気No.1の若手男優をけなしにけなし
強盗殺人鬼にしたてられる若い衆
拷問される憧れ　処刑される世直し　鎖につながれる笑い
あれから百年たっても二百年たっても
三百年たっても　世の中　何も変わらない

高気圧酸素治療嬢は美人女優を
こけにし　こきおろし　すすり泣き　むせび泣き

それぞれが脳内を喰いちらされた8人部屋
昭和の遺物　戦争後遺症のもらい泣きが湧きたち

幸子さん

みっちゃんと呼ばれ
佐藤春子さんはおかっぱ頭のみっちゃんになってティッシュを取ってやる
あきちゃんと呼ばれ
山田里子さんは三つ編みのあきちゃんになって水を飲ませてやる
ともちゃんと呼ばれ
鈴木緑さんはセーラー服のともちゃんになってふとんを掛けてやる

みっちゃん　あきちゃん　ともちゃんと呼び集められ　四人は歌い始める
♬リンゴは何にも　いわないけれど　リンゴの気持ちは　よくわかる
♪まこ…　甘えてばかりで　ごめんネ　みこは…　とっても倖わせなの　はかない　いの
ちと　しった日に

しめくくりは　ハスキーボイスで声をそろえる
♬私は泣いています　ベッドの上で　私は泣いています　ベッドの上で
9時になると　就寝時間となり
カラオケの女王・幸子さんは病室のみんなにお手振りをする
みっちゃん　あきちゃん　ともちゃん　また明日ね　と

＊「リンゴの唄」（サトウハチロー作詞）、「愛と死をみつめて」（大矢弘子作詞）、「私は泣いています」（りりィ作詞）。

夕焼け儀式

イケメンのいるリハビリ室には行きたい気もするけれど
サザエさんの4コマ漫画を見てストーリー作りなんてばかくさくって
ナミヘイさんは頑固な平和信奉者　マスオさんは物わかりのよい愛妻家
トイレの隅で舌出してあかんべえの裏切りはばらされない男衆
タラちゃんワカメちゃんカツオくんは血のつながった者同士の強み
可愛いければ何をしてもいいと許され甘やかされ
庖丁を振りまわさなくても銃乱射をしなくても万事解決のほのぼの家庭
ほのぼの家庭ではないけれど　やっぱり帰る　もう帰る　絶対に還る

桐一葉落ちて天下の秋を知る　今まさに地球存亡の秋《とき》
コロナ戦争ウクライナ攻防戦ガザ壊滅の危機真っ最中なのだから
さつま芋の茎ひとつかみ　ずいき一束を紙袋に詰めこみ

粟ひとにぎり　黒砂糖のかたまりを新聞紙につつみ
米一升大麦三升の手ぬぐい製の布袋を出したり入れたり
リュックサックを担いだりおろしたり
スーツケースを開けたり閉めたり
開けたり閉めたりするたびに干し芋かぼちゃが転がりだし
まてまてまてと荷作りはなかなか終わらない

バスに乗る　今すぐ　タクシーに乗る
まさに田園荒れなんとす　ぜったいに生還をはたす　と
小銭を千円札を数えはじめる左体側完全麻痺嬢

売店で

朝摘み苺　もぎたて水蜜桃　あっつあっつのたこ焼き　香ばしいアップルパイ　きっと売っているはず　秘密の合言葉に意味深な目くばせ　もしくは札束出せば　海鮮丼　ヒレステーキ２５０ｇ　グラスワイン一杯　きっと出せるはず　まあまあ　血糖値　コレステロール値　脂肪肝なんて堅いことは言わずに　このさいどうでしょう？　お願いだから　エプロンのおばちゃん

退院

二カ月の意識不明をくぐり抜け
かすかに目をあけた脳梗塞氏
今日は五十三歳　昨日は二十一歳
一昨日は七十歳だった
今日は鯨取り　昨日はりんごの移動販売
一昨日はスキーインストラクターだった
でも　女房の名前はみちよ
今日もみちよ　昨日もみちよ
一昨日もみちよ

三カ月後リハビリ開始　奇跡の快復までたどりつき
青葉風の中　みちよさんの押す車椅子で手を振る
みちよさんの偉大なる連れ合い

ベッドで

おにぎりが食べられるようになった弥生さんは
もう　あの畑この畑と歩きまわっている
深く掘られまっすぐに引かれた畝に立ち
土のしめりぐあい陽のかげりぐあいをはかっている
だいこん　きくな　こまつな　かぶの種をまく　と

介護なしで入浴できるようになった朝子さんは
ピンクの白の薄むらさきのパンジーを植える
季節外れと笑わないで　何でも手遅れということはない
お陽さまでぬくもった土は小さな命をだきしめてくれる　と

抜糸を終えたばかりの豊子さんは

チューリップ　グラジオラス　クロッカスの球根をうめる
大雪小雪を耐えた花芽を命の起爆剤にする　と

脳神経外科病棟５０５号室
みながみな肩寄せあって大地のプランをたてている

クロワッサン・カレーパン・アンパン

もちろん　焼きたてを買ってね
バター香るカリカリのもっちもちは私だけのもの
あんこたっぷり　ふっわふわの桜の塩漬けのせは私だけのもの
で　あの人には半額バーゲンのパンばかり

大笑いの真ん中で脳下垂体の癌切除嬢は
結婚以来　たまりにたまった鬱憤をはらし
大笑い達も退院後は同じ手でと大笑いをしている

インターネット販売

おおやまざくらはいかが　おおやまざくらは一雨ごとに新芽をのばします　おおやまざくらはすくすくすんすん青空をめざします　おおやまざくらは雄々しい葉っぱでしげりあがります　おおやまざくらは優しい花びらをゆらします　おおやまざくらは愛らしいうすべに色です　おおやまざくらの苗木はいかが　おおやまざくら　お買い得　１８８０円

Ⅳ　その後

最高

家に着いてすぐ
ビールで乾杯したの
お寿司をつまんで
いいじゃない
私の死に時は私が決めるんだから
焼酎もしこたま飲んで　いい気持ち

日常

熊にとうもろこしを盗られてなるものか
猪にさつま芋を掘りかえされてなるものか
猿に柿をかっぱらわれてなるものか

さっそく　生存競争の真っただ中よ
寝込んでなんかおれないのよ

落とし物

空がうっかりしたのだろうか
積雪３３センチの朝に忘れられて
まぶたは閉じられ脚はちぢこまり
全身固くなっても羽毛だけは柔らかに

昏い雲がきめたのだろうか
マイナス９度は乗りきれまいと
胃袋には木の実も草の実もはいっていないだろう
この雪野原　腹を満たす物は見つからないだろう　と

これが冬を乗りきる方法　捨て身の手段
ねぐらからはい出し　垂直に落下

全身で凍りつき　大地にだかれ
やがて　ひよ鳥のかん高かったさえずりは
蕗のとうのあざやかな一茎
壺すみれの優しい一輪となる

グッチ家の御曹司

イタリアの名門　一流ブランドバッグで知られたグッチ家
品行方正　まじめ一点張りの御曹司に呪いをかけた美女がいて
美女から逃げだした御曹司はとうとう手配された殺し屋に命を獲られ

手脚がしびれることもなく　舌の回転は以前にましてなめらか
全身健康　百まで生きますよなんて太鼓判を押されたとたん
めまい失神で転倒　全身打撲　突如うずきだす古傷
術後の回復は順調なはずが　肩の激痛　腕の重さだるさ
忘れ放りなげうち棄てっちまったはずの記憶まで噴きだして

呪いをかけられているのだろうか
ある日　予告もなく銃口が向けられるのだろうか
世界に名をはせた家の一族でもないのに

片恋

いかにも　いちずでほほえましく
でも　スキャンダラスな素敵なかおりもして

脳神経外科を退院したとたん
たまりにたまっていた涙が癌細胞に変形し
動脈や大腿骨に襲いかかりリンパ液にもぐりこみ
若い医師に会えるのだけが楽しみで
苦しい検査も薬の副作用も脂汗をにじませ

雪虫が青白く湧きたち浮かび　吹雪がはじまる頃
恋する戦士はしずかにしずかに銀の剣を枕元に置いた

えぐね

目をつぶると　たちまち吹雪になぶられ
中空でうなりうねる怒濤は　耳たぶ　肩さきに打ちよせ押しよせ
命のおののきは椿の枝のからまりにもぐりこみ杉木立にかくまわれる
夜ひと夜　なんとか生きのびた眠りにまどろんでいると
目白たちのにぎやかなさえずりが湧きたち
甘い目ざめが朗らかにてらされはじめる

家久根《えぐね》は家の西に北においしげり
泉ヶ岳《だけ》おろしの冷気をくいとめ
暴れくるう烈風をなだめすかし
凍《しば》れる夜を大枝小枝で守りきり
30針の抜糸をおえたばかりの命の砦となる

山ひだに田畑に深々としずもっていた雪が
上空に向かい垂直に翔けあがり翔けおり
谷間にうずまき山肌を横っとびに駆けまわり
天と地の轟音の底に横たわる明け暮れ

昼下がりの寒気のゆるみをやぶり
とつぜん　　全身をはげしく揺りおこす爆破音
杉木立に椿大樹に積もりに積もった雪の重さがすべりだし
大地に激突

こうして　　春をむかえる祝砲がつづく

笑って

体さん　身体さん　私の躰さん　永い間　お疲れさま

体さん　身体さん　私の躰さん　ずっと働きづめだったね

体さん　身体さん　私の躰さん
できぬ辛抱するが辛抱なんて　むりして我慢して傷だらけに

体さん　身体さん　私の躰さん
もう　宙返り　綱渡り　爆走なんかしなくていいよ
さあ　奥歯をゆるめて目じりをさげて全身の力をぬいて

噴水

ねこやなぎ　ゆきやなぎ　こぶし　花でまり　みんな弾けだして　春

あとがき

単なる検査入院、と笑っていたら一週間もとめおかれ、あげくに手術三回に半年間を要し、その後検査入院二回、との宣告。退院してからも回復までは紆余曲折の連続でした。

入院中に出あった医師、看護師、栄養士、お掃除の担当の人などたくさんのスタッフ。その中でも、とりわけ忘れられなかったのは、同室の女性陣です。さまざまな人生を潜りぬけ、再生への一時を共に過ごした人々でした。

今回は、皆が命の瀬戸際にいるからこそという思いが強く働きました。その結果、ドキュメンタリー風の詩篇が多くなり、極力、無表情なアラビア数字を、簡潔で力強い漢語を、暮らしに密着した四字熟語等を多用しました。また、東日本大震災以降、詩がより多くの人に届くようにと強く意識するようになり、表現も日常から生まれたフレーズを大切にしたいと願うようになりました。

脳神経外科５０５号室での闘病生活、ここで出会った人々によって、私の、私たちの時代があらためて鮮やかな姿で立ち現われてほしいと思っています。

私たちの、挑戦、喜び、寂寥、不安等々に触れた日々を、詩の肉声として受け止めていただければ幸いです。

アフガン、ミャンマー、香港、ウクライナ、ガザ、そして自然災害。さらに、あの国、この国と世界中が暴力的支配と解決困難な悲劇の予兆におののいている今日、本詩集を世に送りだすことを迷いに迷いました。今、私たち一人一人は無力であるからこそ、それぞれの土地でしたたかに生きぬくことの大事さを想っています。苦しい時にこそ「笑い」を、「笑い」とともに世界中の私たちが「生命を諦めない」ことを強く願っています。編集にあたって懇切なご助言をいただいた遠藤みどりさん、装幀の和泉紗理さんに感謝いたします。

清岳こう

清岳こう（きよたけ　こう）

一九五〇年熊本県生まれ。

詩集に『浮気《ふけ》町・車輛進入禁止』、『天南星の食卓から』（第十回富田砕花賞）、『白鷺になれるかもしれない』、『風ふけば風』、『マグニチュード9・0』、『春　みちのく』、『九十九風』、『つらつら椿』、『眠る男』、『雲また雲』など。

現代詩講座「とんてんかん」、現代文化講座「玉東るねさんす」主宰。

現住所
九八九―三一二三　宮城県仙台市青葉区錦ケ丘六―十六―九
E-mail　kiyotaketsubaki@yahoo.co.jp
YouTube「タイガーポエム」チャンネルで詩の朗読を発信中

脳神経外科《のうしんけいげか》 病棟《びょうとう》505《ごまるご》

著者
清岳《きよたけ》こう
発行者
小田啓之
発行所
株式会社思潮社
〒一六二―〇八四二　東京都新宿区市谷砂土原町三―十五
電話〇三―五八〇五―七五〇一（営業）
〇三―三二六七―八一四一（編集）
印刷・製本所
創栄図書印刷株式会社
発行日
二〇二四年七月十五日